Salí de paseo

ESCRITO POR

Sue Williams

ILUSTRADO POR

Julie Vivas

TRADUCIDO POR

Alma Flor Ada

Libros Viajeros • Harcourt, Inc.

San Diego   New York   London

Printed in China

Salí de paseo.

¿Qué fue lo que viste?

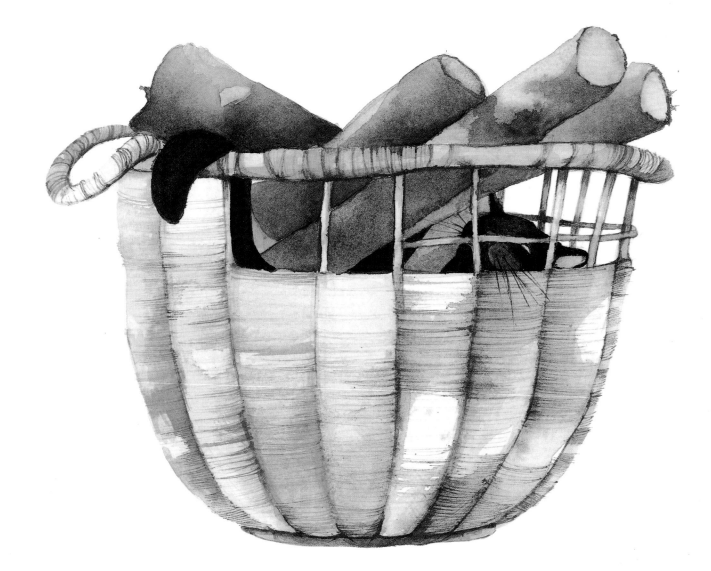

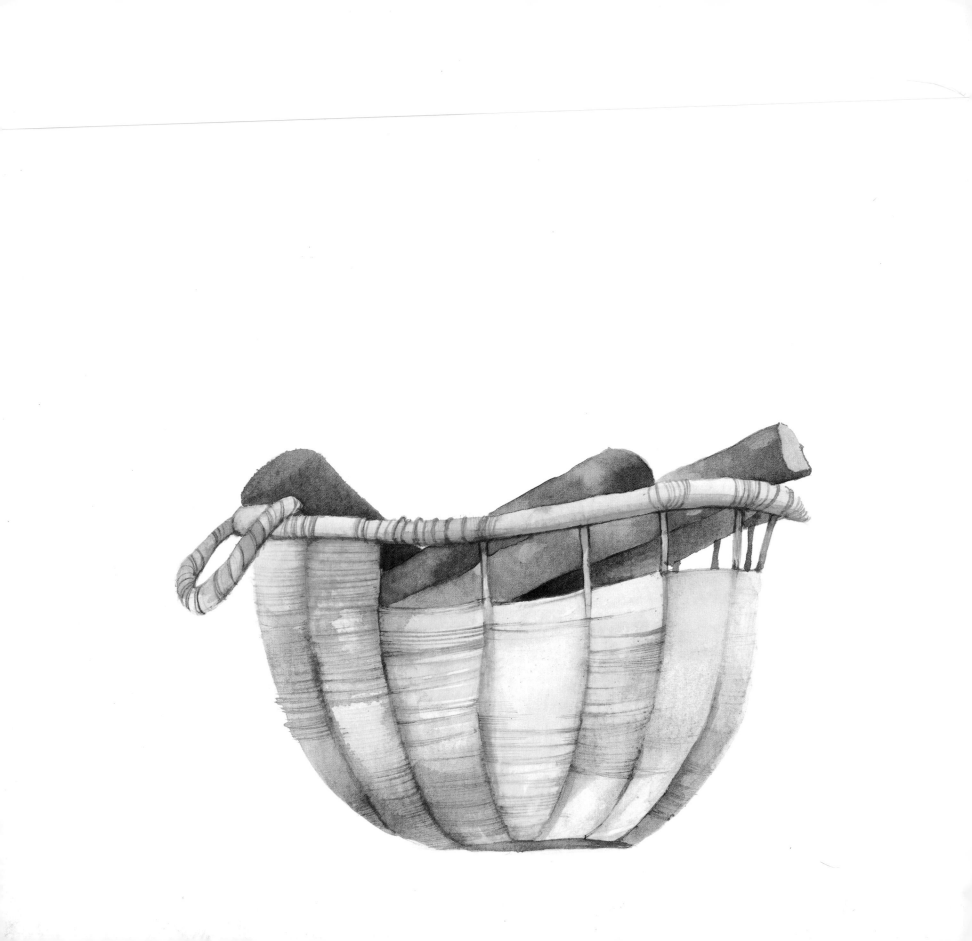

Esto es lo que vi.
Vi a un gato negro
mirándome a mí.

Salí de paseo.

¿Qué fue lo que viste?

Esto es lo que vi.
Vi a un caballo marrón
mirándome a mí.

Salí de paseo.

¿Qué fue lo que viste?

Esto es lo que vi.
Vi a una vaca roja
mirándome a mí.

Salí de paseo.

¿Qué fue lo que viste?

Esto es lo que vi.
Vi a un pato verde
mirándome a mí.

Salí de paseo.

¿Qué fue lo que viste?

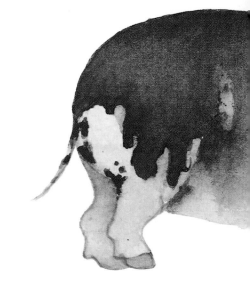

Esto es lo que vi.
Vi a un cerdo rosado
mirándome a mí.

Salí de paseo.

¿Qué fue lo que viste?

Esto es lo que vi.
Vi a un perro amarillo
mirándome a mí.

Salí de paseo.

¿Qué fue lo que viste?

Esto es lo que vi.
¡Vi a un montón
de animales
siguiéndome a mí!

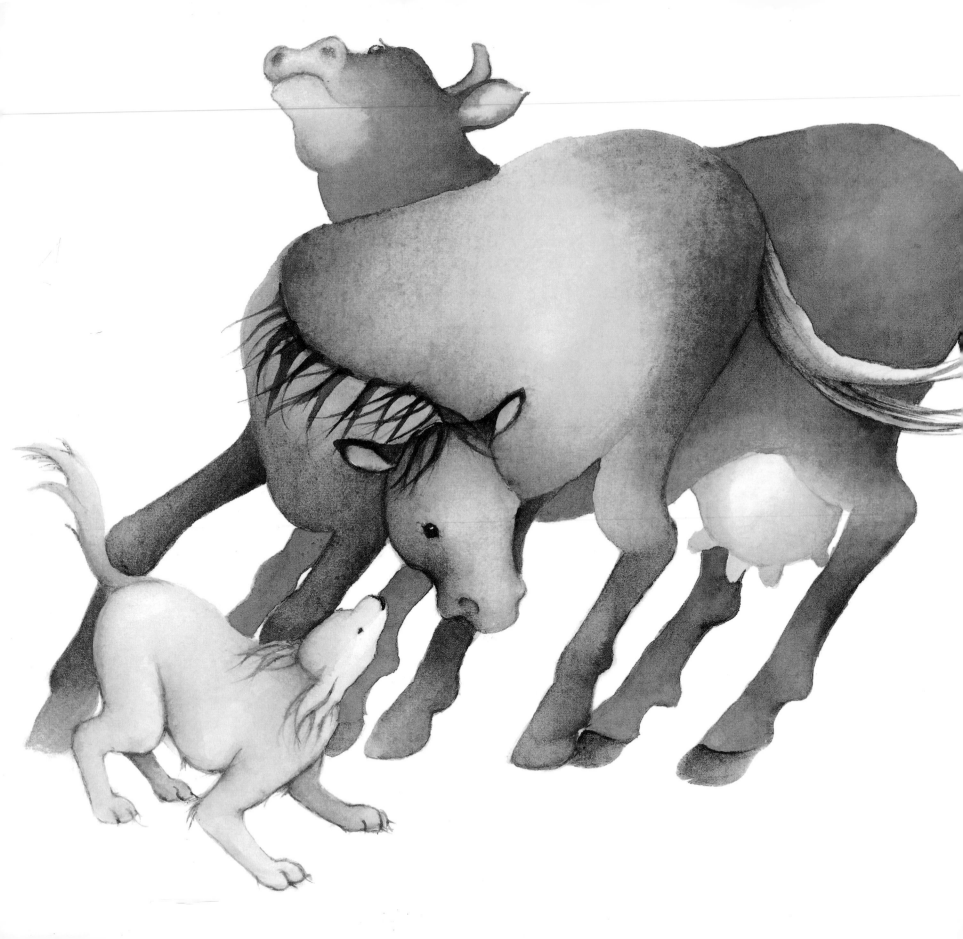

First published 1989 by Omnibus Books
Text copyright © 1989 by Sue Williams
Illustrations copyright © 1989 by Julie Vivas

Spanish translation copyright © 1989 by Harcourt Brace & Company

For information about permission to reproduce selections from this book,
please write Permissions, Houghton Mifflin Harcourt Publishing Company
215 Park Avenue South NY NY 10003.

This is a translation of *I Went Walking*.

First Libros Viajeros edition 1995

Library of Congress Cataloging-in-Publication Data
Williams, Sue, 1948–
[I went walking. Spanish]
Salí de paseo/escrito por Sue Williams; ilustrado por Julie Vivas;
traducido por alma Flor Ada.
p. cm.
"Libros Viajeros."
Summary: During the course of a walk, a young boy identifies
animals of different colors.
ISBN 0-15-200288-X
[1. Walking—Fiction. 2. Color—Fiction. 3. Animals—Fiction.
4. Spanish language materials. 5. Stories in rhyme.] I. Vivas,
Julie, 1947– ill. II. Ada, Alma Flor. III. Title.
[PZ74.3.W5418 1995] 94-36110

SCP   25 26
4500523621

Printed in China

Printed and bound by RR Donnelley, China
Production supervision by Warren Wallerstein and Diana Ford